돌이 천둥이다

돌이 천둥이다

이재훈 시집

K

POET

아시아

차례

돌이 천둥이다

POET

옛사람

감각의 날들입니다.

또각또각 발소리만 선명한 시간입니다.

뿌리가 옆으로만 자꾸 퍼져갑니다.

빼앗지도 못하면서 빼앗으려 합니다.

방탕의 날들입니다.

당신이 돼지가 된다면 하시겠습니까.

흔적을 방임했습니다.

돌은 오래된 귀를 가지고 있습니다.

학교에서 시장에서 술집에서 지껄입니다.

희롱하는 말들입니다.

어떤 족속들이 나를 이렇게 만들었을까요.

나는 아직 옛사람입니다.

확신 없는 시간들이 가득해요.
어둠에 취한 날 때마침
비가 내려요.
나는 나를 죽일 수 없어요.

나는 옛사람.
보고 들은 것을 말할 수가 없는
옛사람.

눈물로 돌을 만든다

태양은 사막을 만들고
구름은 비를 만들고
눈물은 사람을 만든다.

시를 쓰는 사람.
눈물의 사제여.

돌은 복수를 모르고
변신을 모른다.
온몸을 섭리에 맡긴다.

평생 구르는 노동과
몸을 벼리는 일만 안다.

땅의 온갖 죄를 돌에게 담당시켰다.
던지고 차고 묻고 깼다.

썩지 않는 형벌을 가졌다.
침묵을 지키는 몸.

공중에서도 바닷속에서도 땅속에서도
몸을 부딪칠 수 있는 용기.

사람 이전부터 지구 이전부터
우주를 떠돌았을 천형의 몸.

거리에서 거리를 가장 아름다운 거리를

내 눈을 속였나요. 깊은 바닷속에 잠겨 있었어요. 가까이 갈 수 없어서. 찔릴까 두려워서. 다른 시간 속으로 걸어갔어요. 멍에는 조화가 없고 나쁜 기억만 있어요. 좋은 구속은 없는 건가요. 자동차를 타고 가장 먼 무진을 쫓아 달렸어요. 나무와 새를 만났지만 스치기만 했어요. 대전을 지나 논산을 지나 익산으로 내려가는 즈음. 새는 없고 하늘만 있었어요. 이전에 좋던 것이 있었나요. 하늘이 어두워지고 있네요. 정읍을 지나 담양을 지나 고창을 지나 광주로 내려가요. 어스름이 내려왔어요. 노을이 거리를 메우고 있어요. 이제 남도는 멀지 않아요. 거리에서 거리를 배워요. 당신은 익숙한 것을 못 견디죠. 우산을 쓰고 눈을 가리죠. 당신은 무진에 없어요. 당신은 물 건너에 있어요. 거리에서 거리를. 가장 아름다운 거리를.

당신은 듣고 있나요. 선에 이르는 방법을 준비했나
요. 당신은 이제 돌이 되었나요.

돌의 재난사

당신은 어디에서 태어났는지요? 그저 과거일 뿐. 왕궁의 기억도 걸인의 기억도.

땅에 있기 전에는 모두 엄마의 팔에 안겼죠. 늑대 무리에서도 웃음을 잃지 않았어요. 당신은 허영이 아니라 좋은 사람이에요.

마굿간으로 가는 길을 아시나요? 당신은 궁릉에 있었어요. 길에서 태어나 채찍에 몸이 패였죠. 누구보다 먼저 종소리를 들었죠.

장대한 땅. 끝없는 바다. 모든 공포 속으로 가보았죠. 세상에는 거인이 너무 많아요.

언어가 오염되고 있어요. 혁신만이 진리라고요. 착한 언어를 쓰시나요. 솔직해지세요. 모든 통곡에는 이유가 있어요.

시기. 불만. 짜증. 정욕. 고통의 언어를 숨기지 마세요. 위로하고 축복하고 싶으면 가장 나은 것으로 해주세요. 위대한 말은 꿈을 나눠 갖는 것이에요.

이 산지에서 저 산지로. 기쁜 발걸음으로. 어렵고 까다로운 말들 사이에서 온몸을 굴러요. 돌로 돌로 가다 보면 침묵을 만날지도 몰라요.

돌이 천둥이다

아득히 높은 곳에서 넘친다.
우리들의 간원으로 쏟아지는 소리.
사람을 뒤덮고
소원을 뒤덮고
울분을 뒤덮고
단단한 죄악을 뒤덮는다.
작은 돌이 굴러가는 소리.
머릿속이 눈물로 가득하다.
새벽마다 삼각산 나무 밑에서
방언을 부르짖는 사람들.
맨살을 철썩철썩 때리며
병을 고치는 사람들.
소리는 시간을 앞질러 간다.
엄마, 하고 부르면

한없이 슬픈 짐승이 된다.
아주 오래전
돌로 하늘을 내리치면
벼락이 치고 천둥이 울렸다.
천상의 소리가 대답했다.
울 곳이 없어
돌 속으로 들어왔다.
온몸이 징징 울리는 날들이다.

수난의 돌

배에 묶였네. 거친 물결을 헤치는 밤이네. 빛을 따르지 않는 시간들. 어떤 질서도 나를 잡아둘 수 없네. 나는 결박당한 존재로 남고 싶지 않네. 비열하고 음란한 무리들과 거래하고 싶지 않네. 과오를 자랑스레 떠벌리는 사람들. 턱을 괴고 앉아 당신의 이름을 떠올렸네.

원숭이를 먹는 사람들이 있다네. 차라리 아무런 빛이 나지 않는, 딱딱한 존재이고 싶네. 맞고, 깨지고, 터져도 결코 존재가 소멸되지 않는 정적의 존재이고 싶네. 결여가 힘이 된다는 금언을 믿고 싶지 않네. 채찍질당한 몸은 징그러운 흉터가 남네. 흉이 없는 육체이고 싶네.

황금지팡이를 들고 죽은 자들의 영혼을 불러 모으고 싶네. 당신을 안으려 했지만, 연기처럼 내 몸을

훑고 떠나갔네. 이제 그림자만 남은 당신의 흔적. 햇
살이 돋아야만 기억이 눈에 차오르네. 인간을 떠나는
것만이 유일한 방법인 삶이라니. 수많은 돌 틈에 내
던져진 몸이 있네. 굴러도 굴러도 이름이 없는 몸이
있네.

볼트

천억 개의 은하에서 무슨 보석이 나올까요. 자본주의에서 남은 것은 두려움밖에 없습니다. 몸부림치는 작은 사람들만 허다하죠. SNS에서는 선물을 자랑하는 자들이 넘실거립니다. 길이 막히면 꽃을 볼 수 있고, 길이 없으면 찾는 기쁨이 있습니다. 지붕이 새고 천장 벽지를 보게 되었습니다. 두부찌개 하나로 늦은 저녁을 먹습니다. 뉴스는 전쟁으로 가득합니다. 비가 내리고 창가 화분이 흔들립니다. 무언가 헛헛해 자꾸 휴대폰만 만지작거립니다.

키스는 느낌만이 아닙니다. 뼈가 흔들리고 달이 흔들리는 일. 태풍이 불어오는 저녁이었어요. 고향과 멀리 떨어진 지 오래되었습니다. 돌아갈 곳이 없어요. 세계의 포로가 되었지만 당신에게 들려줄 민담이 있습니다. 사슴을 발견하는 눈도 있고요. 시냇물의 물맛도 알고 금방 잡은 동물의 피 맛도 아는데요.

조롱하라지요. 영혼이 상한 사람들은 시를 읽어요. 목 놓아 친구를 부르고 불안을 부르고 목 높여 잘난 체를 하지요. 별이 떨어지는 걸 보는 날이니까요. 다른 생으로 돌아가는 날이니까요. 뭇별이 총총 사라지는 날이니까요.

바뀌지 않는 것들만 나를 살린다

염려가 찾아왔다.
숨이 가쁘고 피가 돌지 않는다.
쓰레기를 버리지 못하고 자꾸 간직한다.
치욕을 기억하려고 밤마다 휴대폰을 충전한다.

반은 깨지고 반만 돌아와 가난해졌다.
모두 바뀌는 것들만 궁금해한다.

숲을 찾았다.
사라지지 않을 물과
사라지지 않을 공기와 나무에게 입술을 대었다.

집도 자동차도 직업도 사람도 모두 바뀐다.
저물녘과 새벽만 바뀌지 않는다.

가난한 것만이 변하지 않는다.
죽기 전까지 함께할 것들이 나를 살린다.

화분에 쌓인 돌을 오래 보았다.
부정한 입술이 맑아졌다.

블루

　피부가 자꾸 말라가요. 한숨이 노래가 되지 않고 균이 되어 살에 스며들어요. 술을 마시면 뼈가 녹아들어요. 관습적인 동물이 돼요. 아침엔 잠을 자고 저녁엔 노동을 해요. 자꾸 의심하는 사람들 때문이에요. 자꾸 조장하는 사람들 때문이에요. 편지를 쓰고 눈으로 말을 해도 소용없어요. 세상은 저를 측정하고 있어요. 혀가 뽑혀 나갔어요. 리듬을 빼앗겨 노래를 못해요. 혀가 없어 당신을 부르지도 핥지도 못해요. 어지러워요. 그저 옛 기억을 떠올리며 맹물 같은 그리움을 마셔요.

　압제를 당했나요. 그저 밥이 되었으면 좋겠어요. 특별한 배척이 되었겠지요. 기록이 없는 사십 대를 살고 있어요. 매번 시험당하는 돌이 되었어요. 찬바람이 허벅지 속으로 파고들어요. 세상은 모두 상징인가요. 나는 누구의 자식이며 누구의 형이며 동생이길 바랐지요. 누구의 제자이며 누구의 선생이고 애인이길 바랐지요. 충분히 배교를 당하는 시간입니다. 조롱은 광풍처럼 휘몰아쳐요. 삼 년을 떠나왔나요. 사랑을 꾸고 갚지 않았나요. 밤을 베풀었나요.

돌에 속한 사람

부러진 돌부리에 채인다.

올곧게 서 있다가 부러진 돌.

창과 칼 혹은 바람이

몸을 반동강 냈을 것이다.

사방이 어둠이었고

나를 길에 내던진 사람들의 눈빛만

반짝하던 밤이었을 때.

발바닥 돌덩이가 존재를 떠받칠 때가 있다.

돌이 내 집을 떠받치고

아버지의 약속을 떠받칠 때.

돌 위에 피의 흔적이 있다.

돌은 깨져도 죽지 않는다.

썩어갈 육체를 갖고 있지 않아

언제나 채이고 밟히고 놀아난다.

소멸한 것과 태어난 자리가 한 몸이 되는

모든 찰나를 지켜본 돌.

어둠 속에서 세상이 어지럽게 돌기 시작하면

흔적 없이 왔다간

당신의 영혼에 몰래 깃들고 마는 돌.

사람의 얼굴도 만들고, 예수의, 마리아의 몸도 만

드는

성육신의 돌.

영원을 살고 있는 길 위의 돌.

돌로 만들어진 뭇사람 하나.

무성한 사실의 돌.

녹색우주

단단하고 큰 육체를 동경했지.

세상은 늘 크고 강한 것들만 원했으니까.

영웅은 가장 불행한 모습으로 남은 자들이지.

온몸에 빛이 났어.

불행과 기이한 일들은 운명이라 여겼지.

간혹 기쁨이 있었기에 운명이 더 빛났고

몸을 달구는 태양을 사랑했지.

인간의 시간은 아무것도 아니야.

그저 먹고 자고 질질 짜다 끝나는 게 인간들이지.

묘비를 탐내는 더러운 욕망에 빠진 나약한 존재들.

광년을 건너온 나는 온몸이 글자야.

세계의 모든 고통을 새겼지.

정작 강한 자는 조용히 지켜보는 사람.

향연을 열겠어.

뿌리를 내리고 잎을 내고 열매를 맺을 거야.

온몸에서 발산하는 눈부신 녹색 빛에 당신들의 눈
이 멀지 몰라.

아무리 애원해도 날 먹지 못하지.

대신 인간의 집에 들어가 모든 시간을 지켜볼 거야.

첨단이라는 것. 문명이라는 것. 예술이라는 것.

너희들이 남긴 모든 영혼이 죽어가는 걸

싱싱한 생명으로 지켜볼 거야.

연혁

돌은 투명하다.
돌 위에 문자를 새기는 것은 욕되게 하는 것.
돌은 인간 이전의 사물.
기원을 알 수 없는 시간이다.
돌에 절을 하는 사람들.
돌 속에 천사와 악마가 깃들었다.
가끔씩 하늘에서 돌이 떨어졌다.
외계의 시간까지도 이승과 섞이는
무한의 돌.
돌로 촉을 만들고 도끼를 만들었다.
동물을 죽여 몸을 취했고
종족을 죽여 또 다른 몸을 취했다.
어머니의 뼈를 땅속에 묻고
뼈가 돌이 되어 땅 위에 솟았다.

처음은 모르나 나중은 아는 것.

모든 존재는 흙에서 태어난다.

돌을 던지면 울음이 들린다.

돌을 던지면 아기처럼

온몸이 땅속에 안긴다.

돌을 깨고 나온 사람들.

돌로 된 집을 그리워하는 사람들.

돌을 하늘에 던지면 그저

별이 된다.

침식

햇살이 창으로 몸을 비집고 들어온다. 틈에서만 빛나는 운명. 하루의 환희로 살아가는 몸. 식물들은 그 몸을 받아 자란다. 햇살을 향해 입 벌린 꽃나무 아래 돌이 놓여 있다. 기어들어 갈 수도 없는 몸. 날아오를 수도 없는 몸. 돌은 느리고 느리게 숨을 쉰다. 아무도 눈치채지 못하게 움직인다. 잿빛으로 변해가는 사람들. 돌을 밟고 하늘을 본다. 허름한 담벼락 아래 가장 낮게 고개를 숙인 돌. 개밥그릇보다 더 낮은 돌. 곤고한 삶은 끝나지 않는다. 구름보다 더 느린 돌에겐 숲의 교훈도 무력하다. 황혼의 다독임도 눈만 따갑다. 돌의 운명은 계절에 있지 않다. 고향을 알려주는 바람에 있지 않다. 그늘과 땡볕을 나누는 나무의 높이도 바닥을 향하는 돌에겐 말이 없다. 아무도 원망하지 않는 돌의 몸. 인간의 시간을 뛰어넘어야만

겨우 볼 수 있는 뒷모습. 모순도 비탄도 없이 한잠
자고 나면 한평생 흘러 있는 몸.

돌멩이 기도

제 안에 딱딱한 게 많았습니다.

동산에 올라 도시를 바라봤습니다.

매일 강도와 강간이 일어나고 자살을 합니다.

나를 감추기 위해 애쓰며 살았습니다.

변명과 회개로 여름을 조심스레 건너왔습니다.

함정은 늘 도사리고 있지요.

돌을 던지기는 쉬운데 품기는 어렵습니다.

너무 뜨겁거나 차갑고 부겁거나 단단합니다.

손으로 흙 위에 글씨를 써봅니다.

정죄하고 싶은 사람들만 가득합니다.

사과하는 사람은 없습니다.

완전한 통쾌만이 마음을 누그러뜨릴까요.

드러나지 않는 죄는 더 큰 죄가 됩니다.

물고기의 삶은 막히는 길이 없는데요.

어디선가 나타난 불행을 막을 방법은 없습니다.

돌멩이만 주머니에 가득합니다.

팔 수도 없고, 줄 수도 없는 돌.

주머니에 돌을 가득 넣은 채.

상처의 말들을 입에 가득 담은 채.

나도 모르게 주저앉아 돌을 품었습니다.

지나치는 사람들의 눈망울을 마주했습니다.

돌칼

바람이 쇠 위에 앉았다.

위에서 아래로.

아래에서 위로.

옆에서 옆으로.

겉에서 속으로.

귓속말이 들린다.

수십억 년의 밀어가 지문을 만들고

수십억 년의 눈물이 구멍을 냈다.

맞고 채이고 쬐고 부딪고 깨졌다.

불구덩이에서 울부짖었다.

오랜 고통이 만든 신비가 지천이다.

훼손하고 싶어 거리에 내던졌다.

함께 살기 위해 깨졌다.

오랜 전쟁의 배경이 되었다.

뜨거운 상처에 손을 얹는다.
틈과 틈에서 움트는 소리가 들린다.
햇살이 피처럼 스며든다.

골짜기바람

천년의 시간이 쌓여 있다.

딱딱하게 굳어 있는 시간을 본다.

서서히 안개가 헤어지고

천 년 전의 바람이 굴러다닌다.

황금도 향수도 없는 땅.

돌만 무성하다.

옛 책에서는 악마가 산다고 했다.

아무 냄새도 기척도 없다.

그릇된 소문들일 것이다.

돌을 밟다 보면 억울한 생각이 든다.

밟는 자와 밟히는 자의 관계.

나는 돌에게 잘못한 적이 없는데

모든 사물에서 냄새가 난다.

거대한 돌이 절벽에 박혀 있다.

사람들은 돌 위에 돌을 올려놓고 소원을 빈다.
골짜기에 가득한 욕정들.
바람은 울고 이따금 새들이 끼룩거린다.

돌을 던지면 환해지는 햇살

어딘가로 떠나고 싶었다. 저수지에 앉아 돌을 던졌다. 돌은 물속 깊은 곳에 가라앉았다. 침묵 같은 곳. 은신 같은 곳. 물속이 아니라면 인간세계에서 불행했을 텐데. 수없이 많은 돌을 물속에 던졌다. 중력의 법칙은 우리를 안도하게 한다. 퐁당퐁당 노래를 부르며 돌을 던지던 때. 맞아보라고 던졌던 돌. 나를 봐달라고 던졌던 돌. 더이상 갈 곳 없는 징검돌 앞에서 오들오들 떨고 있다. 물속이 아니라 공중에 돌을 던진다. 던져야 부끄러워진다. 광장에서 돌을 던지는 사람들. 하늘로 힘껏 돌을 던진다. 사위가 환해진다.

거울

얼굴만 한 돌에 당신의 사십 년이 들어가 있다. 당신의 그림과 당신의 책과 당신의 창문, 당신이 매일 쳐다보았던 가족사진과 당신이 잠들었던 소파. 그리고 당신의 골목길과 식어버린 커피까지.

당신의 얼굴이 기이하게 채색되어 무표정하게 있다. 나는 늘 계단을 올랐다. 밤마다 계단에서 굴러떨어지는 꿈을 꾸었다. 오르고 오르면 들을 수 있는 호흡 소리가 좋았다. 먼 곳에서 들려오는 강물 소리. 두루마리처럼 감겨 올라가는 울음.

돌 속에서 나비가 날아오른다. 나비가 눈앞에서 날개를 펄럭인다. 날개에서 떨어지는 가루가 눈 속으로 떨어진다.

벽

돌 위에 나무줄기가 자란다. 아래엔 뱀들이 우글거
리고 머리 위로 초원이 펼쳐져 있다. 계단도 없다.
맨손으로 돌을 움켜쥐어야 높은 곳으로 올라갈 수
있다. 조금씩 조금씩 올라갔지만 닿지 않는다. 손가
락에는 물집이 잡혀 있다. 벽에는 새로 피어나는 풀
로 가득하다. 물질은 결함을 갖고 태어나는 것. 인간
은 늘 그리워하는 존재일 뿐. 차가운 존재만이 인간
을 구원할 수 있을까. 겨울은 더러워졌다. 알맞은 곰
팡이의 세계가 시작된다.

폐허연구실

날카롭다. 여기에서 저기로. 저기에서 무한으로.
일면에서 이면으로. 들어가고 나온다. 너와 나로. 서
로의 얼굴을 반사한다. 당신과 당신의 거기. 거기와
저기로. 침투하고 삽입한다. 저쪽에서 이쪽으로. 이
승에서 저승으로. 어떤 시간에서 저쪽 시간으로. 굴
절되어 파편되어. 빛으로 바람으로. 공기로 물로. 과
거에서 미래로. 미래에서 현재로. 회귀하는 나. 떠오
르는 당신. 현재의 타인. 미래의 타자. 너의 거울. 당
신의 거울. 허구와 진실이 허상과 진리가 허망과 진
창이 허세와 진창이. 얽히고 설키고 너의 책상에 의
자에 시험과 발표를 옥죄고 달랜다. 창작이란. 창조
란. 시란. 돌이란. 당신의 우주를 먹고 싶다. 당신의
얼굴을 넣고 싶다. 활을 겨눈다. 시간을 쏜다. 거울
과 보석과 하얀 돌이 쇼윈도우에 박혀 있다. 꿈이 무

지개로 반사된다. 경계도 없이. 하얗게. 노랗게. 투명하게. 딱딱한 물질로 남는다.

짧게 말할 수 있는 풍경이 없다

 분주한 거리. 공기는 시퍼렇고 냄새는 끈적하다. 한강 둔치에 앉아 돌을 만진다. 눈이 내린다. 매일 돌을 만지는 인간들. 매일 돌을 만지며 참회하는 인간들. 캄캄한 터널을 지난다. 불필요한 어둠은 없을 것이다. 빛을 만난다. 앙상한 서해를 지난다. 공장에선 흰 연기가 피어오른다. 파헤쳐진 밭고랑에는 포클레인이 서 있다. 서리가 내린 비닐하우스가 반짝 빛을 낸다. 귓속에 매일 뉴스와 음악을 넣는다. 철탑이 산맥의 중심에 병풍처럼 서 있다. 눈을 감으니 기차가 하늘로 날아간다. 온몸이 붕 뜬다. 내릴 곳을 잊는다.

부조리한 연극의 관습처럼

침묵과 말 사이에 반복이 있네.
마치 가로수처럼
서랍 깊숙이 잠자는 돌.
돌 속에 시인의 이야기가 있네.
가슴은 펄럭이고 몸은 한 부분씩 지워져가네.
열망 없는 풍경이 창가에 스치네.
버스처럼 지나치는 의미들.
거리의 자동차에 사연은 없네.
적들이 가득한 거리에서 말을 잃고
분노만 쌓여가네.
벚꽃은 황망하게 쌓여가고
청소부는 참선하듯 꽃들의 시체를 쓸어 담네.
질문도 없이 시간은 흘러가고
애정도 없이 만나서 웃네.

나는 너에게 약속이 아니었네.

기다리다 기다리다 먼 기억이 되었네.

약속이 반복은 아니네.

노래하고 웃었던 기억이 지워져가네.

네가 건네준 돌 하나.

서랍을 여니 흔들리며 말을 거네.

돌 속에 독이 있다

돌을 먹어본 적 있다. 배가 아팠다. 실실 쪼갰다. 희롱당한 대학교에서 쪼갰다. 이빨이 모두 빠졌지만 피는 나지 않았다. 풀잎이 살갗에서 돋았다. 별이 별을 먹는 밤이었다. 고독을 모르는 밤이었다. 교회에 가서 쪼갰다. 죽음을 빙자해서 쪼갰다. 주변을 모두 훼손했다. 교도소에 가서 쪼갰다. 목을 매고 싶지는 않았다. 목줄을 걸고 짖고 싶지 않았다. 돌을 쪼갰다. 목구멍이 쪼개지고 목젖이 쪼개졌다. 독이 피를 타고 돌았다. 온몸이 돌의 피를 삼키고 혼절했다. 실실 쪼갰다.

견고한 무덤

아무도 찾지 않는 돌.

아지랑이가 피어오르고 풀이 무성하다.

햇살이 있었고 때때로 비가 왔다.

비탈도 없는 작은 동산.

영혼들은 몰락하지 않고

돌의 몸에 달라붙어 있다.

이승에서 무덤은 열리지 않을 것이다.

황금 없는 무덤은 조용히 풀만 자랄 것이다.

누가 이토록 견고한 결말을 원했을까.

낯선 이들이 간혹 찾아와서

진설(陳設)과 독축(讀祝)도 없이

비천한 말들만 던져 놓고 갔다.

선한 싸움은 벌레들에게나 있는 것.

돌을 어깨에 짊어지는 이들은 벌레뿐.

작은 자만이 궁휼히 여길 수 있는 세계가
돌 속에 산다.

곰파

라다크는 무서워하지 않는다.
바람에 모두 쓸려나가 빈 몸만 남아도
원시의 울음을 운다.
길손들은 자꾸 지나온 바깥을 바라본다.
햇살보다 협곡이 눈을 간질이는 절정.
증오의 기원을 헤아리며
모든 허물도 덮어주겠다는 오만.
사원의 어두운 신전에 앉는다.
이방의 주문이 온몸을 타고 돈다.
짧은 침묵이 콧속에 날아든다.
초록을 꿈꾸었는가.
국가를 꿈꾸었는가.
그저 자꾸 구석으로만 숨는 사랑에 목매었다.
침묵이 짙어질수록 어렴풋이 보이는 혼돈.

태초의 소리가 배음으로 깔리다 정적이 돼버리는
아득한 그림자의 시간.
사원에는 돌의 형상만 덩그렇게 있다.
산새와 풀벌레 소리들.
무심한 작별의 소리들.
백 가지를 묻고 묻다 이 땅의 모든 소리를 닫는다.
산맥이 더 우는 밤.
모든 이름들이 지워지는 밤.
기어코 무엇이라도 되겠다는 존재들이
허망한 말들이 되어 사원 밖을 걸어나간다.

돌의 사랑

　어둠을 믿지 않았다. 신비는 어둠의 깊은 기슭이라
한다. 시간의 낡은 혼을 탐했다. 매장의 비밀을 맡았
다. 돌은 모두 울고 있다. 욕망은 들끓었다. 숨 쉬는
존재들을 핥았다. 원하는 마음은 신이 내린 형벌일
까. 돌은 스스로 제자리에 있을 뿐. 모래는 스스로
땅에 존재할 뿐. 신비는 마음이 움직여서 태어나는
것이라 여겼다. 돌로 몇천 년을 살아 있는 형상들.
텅텅, 석수의 고통이 들린다. 소리가 가슴을 긋고 지
나갔다. 시바신과 만났다. 잃어버린 것을 찾는 중이
라 했다. 비시누와 브라흐마신이 찾아와 내 몸을 만
졌다. 네 배를 갈라야겠다. 잠을 자는데 아랫도리가
시큼해서 눈을 떴다. 땀에 배인 이불을 뒤집어쓰고
빗소리를 들었다. 세계는 곰팡이와 작은 벌레들뿐.
스스로 교합하고 소리 질렀다. 비를 흠뻑 맞았다. 흠

모할 것이 못 되는 자유들, 깊은 곳에 들어서서 어둠
을 맞았다. 비밀을 맞았다. 거룩하게 시들어가는 돌
의 몸.

갯돌

돌은 시간의 밥.
오랜 세월을 견딘 피부는 속살처럼 안락하다.

자갈이 된 사연, 선술집에서 침묵을 지키는 사내의
등, 오래 떠돈 자의 눈시울, 생일 아침 공복의 커피, 할
증시간 택시기사의 붉은 눈, 술이 깨는 새벽 새소리,
노트에 적어 넣는 시간들, 서서히 딱딱해지는 연보.

미련이 드문드문 찾아오게 되면
모든 사물은 자기 피부로 집을 만든다.
기억들이 제 몸을 뒹굴어 내는 소리.

나는 너의 눈을 기억한다.
너의 하얀 이를 기억한다.

구르고 굴러

환멸까지도 그리움이 돼버린

소란스러운 은유.

동굴벽화

벽에 귀를 갖다 대면 물소리가 들린다. 아득하다.
눈을 감으면 당신의 소리가 들린다. 늘 아득한 것만
을 탐했다. 물소리, 문소리. 축축한 소리를 듣고 있
으면 몸이 소리가 된다. 어떤 채비도 없이 탐험은 시
작된다. 돌로 된 벽. 사이사이 틈. 틈 사이사이 어둠.
슬며시 그 얇은 어둠 속으로 몸이 빨려 들어간다. 몸
은 돌이 되지 못하고, 역사가 되지 못하고, 흐물흐물
유형도 무형도 아닌 정욕의 애액이 되어 돌 속에 분
신한다. 돌 속에 헤엄쳐 다니는 물고기. 파닥거리며
지느러미를 움직인다. 돌이 흔들거린다. 돌 속에서,
돌 속의 물속에서 노래를 부르자니 숨이 가빴다. 내
몸의 구멍으로 물이 들어왔다. 살갗이 울퉁불퉁하게
딱딱해진다. 온몸이 물이 된다. 물속에서 돌이 되는
순간. 물이 돌이 되는 꿈. 돌이 된 몸속에서 아득한

물결 소리가 철썩인다.

재의 환희

눈을 감고 복도를 걸었다. 뛰지 못하고 늘 더듬거리며 방과 방을 건넜다. 옷을 찾았다. 역사는 무대가 필요한 일. 자전거처럼 서 있으면 넘어지는 일. 내가 원하는 것은 혼자있는 것. 내가 원하는 것은 기적이 일어나는 것. 스마트폰에서는 음악이 흘러나왔다. 거리에는 날카롭고 짜증스러운 말들과 가식적인 웃음이 둥둥 떠다닌다. 어쩌면 내가 원하는 것은 모두 쓸데없는 일. 아무 소리도 들리지 않으면 될 일. 불 같이 바람같이 번지는 사랑이 승천하고. 옷을 찢기고 돌이킬 수 없는 폭력의 기억을 놓아주고 상처에 발목 잡혀 늘 우는 일. 갈라진 시간 속에 울고 있는 아이의 손을 잡아 주는 일. 딱딱한 것들이 재가 되어 풀풀 날리다가 구름 속으로 날아간다.

오독의 전말

내 시작은 언제나 우연이었습니다. 빛이 있었고 물과 궁창이 있었고, 물속에서 숨 쉬는 사람이 있었을 뿐. 아무도 내게 가르쳐주지 않았습니다. 물의 신비를. 돌의 시간을. 먼 이방의 기억으로 게으른 발길질을 합니다.

당신에게 죄를 지었습니다. 마음을 저당 잡혀 세상 모든 습속들도 한없이 초라해 보였습니다. 손가락을 걸고 꿈을 꾸었습니다. 꿈꾼 만큼 당신에게 칼날 같은 말도 전했습니다. 그러니 이제 당신을 잊어도 된다고 생각했습니다.

변호의 말은 그저 허황된 꿈이었을지 모릅니다. 폭풍이 들이닥쳐도 평온한 방을 생각했습니다. 몇 방울

의 물이 들어왔을 때, 혼인의 꿈도 잊은 채 숨차다고
허우적거렸습니다.

멀찍이 당신의 뒷모습을 지켜봤습니다. 당신의 구
겨진 깃과 얼룩진 소매를 갈아주고 싶었습니다. 깊은
밤, 별만 바라볼 걸 그랬습니다. 작게 무너져가는 내
비애는 그저 표표히 흘러가는 종이배 같습니다.

오독으로 자욱한 밤. 내가 보이지 않는 밤입니다.
당신이 읽은 것이 그저 용서였다면 좋겠습니다. 당신
이 제게 했던 칼 같은 말들로 살았습니다. 천만년 깎
이는 딱딱한 몸이 되었습니다. 용서, 라는 말을 가진
당신이 그리운 밤입니다.

시인 노트

돌을 돌보는 마음

시의 소재는 불현듯 찾아온다. 마치 운명처럼. 내가 최초로 힘주어 만난 소재는 눈과 별이었다. 정확히 말하자면 싸락눈과 먼 곳의 행성이었다. 소재는 늘 식상하다. 눈과 별은 얼마나 많이 소비된 소재인가.

여러 소재를 찾아 전전했다. 우주의 허공을 유영하기도 하고 중세의 유적지를 돌아다니기도 했다. 신화의 언저리를 엿보기도 하고 도시의 거리를 헤매기도 했다. 소재뿐 아니라 여러 공간을 헤매기도 했다. 황하와 잉카문명과 북유럽 신화와 나무와 흙과 도시.

그러다 돌을 만났다. 다시 식상한 소재로 되돌아왔다. 돌 또한 얼마나 식상한 소재인가. 돌에 대한 시는 엄두가 나지 않았다. 엄두는 나지 않았지만 시는 쓰였다. 어쩔 수 없었다. 시가 나오는 걸 막을 수는 없으니까. 마치 운명처럼 돌에 대한 시를 자꾸 쓰게 되었다. 근원과 본질을 얘기하고 싶었다. 시간을 가늠할 수 없는 돌. 주인이 없는 돌. 천시하는 돌. 숭배하는 돌. 버리고 모으고 감추고 숨기는 돌. 세상 어디를 둘러봐도 돌 없는 곳이 없다. 돌에게 물어보고 싶은 마음으로 시를 썼다. 돌에게 질문을 하니 돌이 안쓰러워지기도 하고 돌이 꼭 나 같기도 했다.

돌은 위대한 물질이다. 더 깊이 돌을 만날수록 돌은 나와 멀어졌다. 나와 점점 멀어지니 더욱 애착이 갔다. 성경의 야곱은 돌베개를 베고 잠이 들었다가 꿈을 꾸었다. 꿈을 통해 죄와 슬픔이 축복으로 변화되었다. 돌이 슬픔이 아니라 축복이 되었으면 좋겠다. 돌이 정죄와 회개가 아니라 위로가 되었으면 좋겠다. 그런 돌을 만나기 위해 쓴 시들이 조금씩 모였다. 이 또한 한 시절일 것이다. 시절을 견디게 하는 무엇인가가 있다면 그건 내게 운명인 것이다.

시인 에세이

잉여에 관하여

언뜻 깨닫게 되는 직관을 언어로 옮기고 나면 별 볼 일 없어진다. 뻔한 단상으로 그치게 되는 경우가 많다. 굉장한 풍경과 마주할 때도 마찬가지이다. 언어로 옮기고 나면 너무 초라하다. 차라리 꿈의 대화나 직접 보지 못한 궁극의 풍경을 상상하여 언어로 옮기는 게 훨씬 나은 경우가 많다. 현실이나 사실은 만만한 게 아니다. 그것은 가장 가까이에서 고통스럽게, 죽을 만큼 겪어 내야 간신히 제 영혼의 귀퉁이 하나를 담아낼 수 있다.

*

하늘은 돌로 만들어진 것이라고 상상하던 때가 있었다. 가끔씩 하늘에서 돌이 떨어졌기 때문이다. 지금의 운석을 그리 생각했다. 돌은 인간과 가장 가까이에서 흔히 볼 수 있었던 오래된 물질이다. 많은 신화에서는 최초의 인간이 돌에서 나왔다고 한다. 돌이 간직한 원시의 시간성은 현재까지도 실물로 남아 있다. 돌에 비하면 인간의 시간은 너무나 짧다. 그렇기 때문인가. 인간은 돌에게 절을 하고, 돌로 신의 형상을 만든다. 돌의 상상력이 한동안 내 시의 언저리를 떠나지 않는 이유이다.

*

　나에겐 시를 풀어내는 재기가 없다. 깊은 철학이나 수긍할 만한 지혜도 없다. 다만 시를 짓고 싶은 마음은 가득하다. 시를 짓고 사는 사람이라는 자의식은 가득하다. 시인을 가장한 모리배는 되지 말아야지 하는 마음도 가득하다. 다들 눈치 보며 따라 그리는 작품을 남기지 말고, 진정한 내 그림을 그리고 싶은 마음도 가득하다. 시 때문에 가득해지는 마음을 보듬는다. 이 가난한 마음 하나를 밀고 나간다. 그리고 쓴다.

*

시는 미완을 지향하려는 운명을 지녔다. 완벽한 시는 이 세상에 없다. 어떤 시라도 늘 부족하다. 어떤 시라도 비판받을 수 있는 지점이 있다. 이 미완의 운명이 또 다른 시를 쓰게 하는 힘이다.

*

타인을 설득하기 위해 시를 쓰는 게 아니다. 평가받기 위해 시를 쓰는 게 아니다. 시를 쓰는 것은 덧없고 뻔뻔하고 고통스러운 영혼을, 가끔은 대견한 내 영혼을 가장 간절하고 절박하게 쏟아내는 일이다. 그러나 설득하거나 평가하는 말들을 계속 들을 수밖에 없다. 그 말들을 소중하게 받아들고 곱씹어보고 다시 생각해본다. 시는 일기가 아니라 타자에게 향하는 의도적 몸짓이기 때문이다. 내 시는 심오한 경전이 아니라 타락한 한 개인의 고백록이기 때문이다.

*

나는 그동안 비약적으로 시공간을 전개해왔다. 태초에서부터 지금까지. 땅바닥에서 우주까지. 너무 날아다니는 것 아니냐는 말을 들었지만 내게는 꼭 필요한 여행이었다. 이제는 땅속으로 잠기거나 돌 속을 파고들 것이다. 시간은 그곳에서부터 새롭게 시작될지도 모른다는 인식을 했기 때문이다.

*

시를 쓰고 나면 항상 무언가 남는다. 아무리 온 힘을 기울여도 채워지지 않는다. 무언가가 남아 그 여지가 자신을 부끄럽게 만든다. 그것은 아쉬움과 새로운 시에 대한 기대가 복합된 묘한 감정이다. 그 잉여의 힘이 시를 고민하게 한다. 처절하게 시를 욕망하게 한다.

*

　내 문학의 영원한 주제는 신(神)과 신화(神話)이다. 우리는 그 어떤 절대자도 올곧게 믿지 못하면서 민망하리만큼 절대자에게 의존한다. 빌고 울고 따지고 투신한다. 가장 탐욕적이고 영욕적이고 때론 무모하게 희생적인 일들이 신과 인간과의 관계에서 비롯된다. 무신론자에게조차 곤경에 처하면 신의 존재에서 자유로울 수 없다. 신화는 인간의 본질에 관한 이야기이다. 신화는 모든 선과 악, 본능과 구원의 문앞에서 좌절하는 모습을 여실히 보여준다. 그 좌절을 통해 우리는 또다른 신생의 꿈을 꾼다.

*

　시가 아름답다는 말의 이면에는 슬프고 처연하다는 말이 섞여 있다. 비 내리는 봄밤에 홀로 술잔을 기울이며 쉼보르스카를 읽는 지금 이 순간처럼.

*

　감춤과 드러냄, 작용과 반작용, 고요와 붐빔, 정지
와 이동, 흐름과 오름, 내림과 솟구침, 천사와 악마,
고향과 타향, 자연과 문명, 마초와 페미니스트, 진보
와 보수, 미래와 과거, 김수영과 김춘수 등 온갖 이
항대립이 서로를 겨누고 싸울 때 시적 긴장이 일어
난다. 팽팽한 그 긴장을 마지막까지 지키고 있을 때
시는 눈부시다. 하지만 박용래처럼 드문 풍경도 있
다. 대결의 긴장이 아니라 섞임의 긴장이 더 아름답
게 가슴에 남는다는 것을.

*

　대상을 상상하는 게 좋을지 상상하는 나를 상상하
는 게 좋을지 매번 고민한다. 그 말이 그 말인 것 같
지만 시인들은 알 것이다. 시가 전혀 다르게 써진다
는 것을.

*

　이제 더 이상 시는 독자의 눈치를 보지 않는다. 시 쓰는 동료들과 평론가들의 눈치를 본다. 눈치를 본다는 것은 쓸쓸한 일이다. 아직 확신이 없다는 말이다. 아직 나는 열등한 존재라고 수긍하는 말이다. 눈치를 보지 않으면 독선가라 여긴다. 적당한 눈치를 보면 가능할까. 다르게 생각한다면 시는 눈치를 보는 게 아니다. 외로워서 그럴 것이다. 눈치를 보는 것이 아니라 이해해주기를 바라는 것은 아닐까.

*

　공간은 시를 쓰는 데 있어 아주 중요하다. 방바닥에 엎드려 쓸 때도 있고, 버스에서 쓸 때도 있다. 수첩에 쓸 때도 노트에 쓸 때도 있다. 요즘은 자주 휴대폰 메모장에 쓴다. 특별한 공간을 만들기 어려운 처지일 때, 내 공간을 특별한 곳으로 만들어버린다. 나는 내 방을 '카프카 독서실'이라고 이름 붙였다.

밤 11시가 넘어야 겨우 내 방은 독서실로 변한다. 마치 카프카라도 된 듯 자리에 앉는다. 무엇이라도 끄적이려고 준비하다 보면 이내 잠에 빠져들고 만다. 카프카라도 어쩔 수 없었을 거야 하고 스스로 위안하면서.

*

시의 마지막 행을 알고 시를 쓰는 자는 없다. 시의 끝을 미리 써놓았다 하더라도 그 끝은 늘 달라지기 마련이다. 어떤 경우엔 나의 의지와는 상관없이 문장의 리듬이 발을 맞추어 시가 이어지는 때도 있다. 어떤 경우엔 한 행이 그다음 행을 부르고 그다음 행은 또 그다음 행을 불러서 한 편의 시가 써지는 때도 있다. 어떤 경우엔 뮤즈가 찾아와 시를 써줄 때도 있다. 그러나 마흔이 넘어가니 뮤즈가 잘 찾아오지 않는다. 뮤즈여. 나는 너무 오래 기다렸소. 내게도 좀 들르소서.

*

    자연을 노래하거나 찬미하는 일은 너무도 오랜 전통이다. 시의 유일한 고전은 자연이다. 나는 아직 때가 되지 않았을 뿐이다. 나도 언젠가는 고전주의자가 될 것이다.

*

    탐닉의 마음처럼 시 쓰기에 좋은 조건은 없다. 어딘가에 미쳐 있으면 그 시간들이 내면에서 발효되어 언어로 터져 나온다. 어딘가에 미쳐 있거나 그것과 결별할 때 언어는 스스로 터져 나온다. 시인은 이별을 많이 해야 한다. 이별을 하려면 연애를 해야 한다. 그 대상이 사람이건 동물이건 자연이건 간에. 나는 지금 어떤 연애를 하고 있을까. 돌과 연애하고 있을까 아니면 그 속을 알 수 없는 아침 안개와 연애하고 있을까.

*

   지금 우리에게는 가(歌), 송(頌), 찬(讚)보다는 학
(學)이나 희(戲)가 승하다. 모두 시 속에서 철학을
하거나 언어 놀이를 한다. 노래하거나 찬미하고 싶어
도 할 대상이 없다. 신(神)은 가난한 자의 기도를 잘
들어주시지 않고, 영웅은 사라진 지 오래다. 자연은
썩은 냄새를 풀풀 풍기고, 인간은 추악하다. 그럼에
도 여전히 사랑 노래가 넘쳐나는 것은 조금 의외지
만 당연한 것인지도 모른다. 인간은 사랑 없이는 살
수 없는 동물이니까.

*

   시를 쓰는 자와 읽는 자의 동상이몽을 자주 느낀
다. 쓰는 자는 자주 철학과 깨달음의 말을 만들어내
고 싶다. 읽는 자는 깨달음에 관심이 없다. 자신에게
말하는 것 같은 감상적 수사에 자주 마음을 뺏긴다.
하지만 시인은 자신의 언어에서 감상성을 느끼는 순

간 즉시 그 순간으로부터 벗어나려 한다.

*

자아를 탐구하는 일이 자폐적이라고 단정 짓는 것
은 오해의 소지가 많다. 시는 샤먼의 말이다. 시를
쓰는 샤먼은 자주 병에 걸리며 늘 고통스럽다. 사회
현실을 말하는 시도 한 개인의 병후를 통과해서 얘
기되는 경우가 많다. 문제적 자아의 면면들이 모여
우리 공동체를 바라볼 수 있는 것이다. 진지하게 자
아를 탐구하는 일은 가장 정직한 시 쓰기이다. 시인
은 세상을 교화시키는 교사이기보다는 세상에 균열
을 일으키는 문제적 개인에 가깝기 때문이다.

*

우리의 시는 과도하게 슬픔에 젖어 있다. 기쁘기라
도 하면 시의 윤리에 위배되는 것처럼 느껴진다. 그
러나 아직도 우리에게는 슬퍼할 것들이 너무 많이

남아 있다. 앞으로 몇백 년은 더 슬퍼해야 이 슬픔이 다 해소될지도 모를 일이다. 시가 슬퍼해야 할 이유보다 시가 기뻐해야 할 이유가 더 많을 때가 온다면 시는 사라질지도 모를 일이다.

*

시는 많은 것들을 발견한다. 가장 추한 곳에서 성스러움을 발견하고, 가장 성스러운 곳에서 가장 추악한 것을 발견한다. 먼지 한 점을 통해 우주를 보는 것처럼 가장 작은 것을 통해 가장 위대한 것을 떠올리게 하고, 가장 위대한 것을 가장 보잘것없는 허무로 만들어버린다.

*

시는 기표의 장르이다. 이 기표가 유희의 측면에서 활달하게 놀아날 때 잃고 마는 것은 유희의 목적이다. 목적이 불분명한 놀이는 지난하다. 놀리려는 것인지, 웃기려는 것인지, 비난하려는 것인지, 이기려는 것인지를 은근슬쩍 읽어야 한다. 물론 목적 없는 놀이가 목적인 경우도 있다. 세상엔 이유 없는 놀이도 많으니까. 모든 놀이가 재미있고, 모든 놀이가 격정적인 것은 아니다.

*

　어느 술자리. 삶의 변화가 없다면 시의 변화도 없다는 말을 들었다. 시의 변화를 위해 삶을 변화시킨다는 것. 하지만 삶의 변화를 실행해본 시인들은 모두 말린다. 자칫 삶이 시를 초라하고 궁색하게 만들 수도 있기 때문이다. 시인으로서의 자존을 지킬 수 있는 삶의 자리는 누구에게나 제각각 있을 것이다. 자기가 아는 그 자리를 찾으면 된다. 너무 높지도 너무 낮지도 않은 자리에서 매일 노을을 맞으며 시를 쓸 수 있다면 더할 나위 없겠다. 내가 있어야 할 시의 자리. 시인으로서 자존을 지킬 수 있는 삶의 자리. 그 자리를 찾아 지금도 방황하는 것일지도.

돌이 될 수밖에 없었던 존재들을
다시 일으켜 세우는 일

오은(시인)

> "모든 돌 안에는 조각상이 있다.
> 조각가의 일이란 그것을 발견하는 일이다."
> ─ 미켈란젤로 부오나로티(Michelangelo Buonarroti)

곳곳에 말이 있다. 말은 번지고 퍼져 소문이 되고 담론이 되고 강한 확신으로 자리 잡는다. 법석임과 웅성거림 속에서 너도나도 핏대를 높여 존재 증명을 한다. 내가 여기 있다고, 내 말 좀 들어달라고, 어서 와서 내 편이 되어달라고. 침묵이 설 자리는 아무 데도 없다. 이재훈은 시집 『돌이 천둥이다』에서 침묵하는 존재들에게 귀를 내어준다. 정확하게는 침묵하는 존재들의 입을 열어준다. 이는 퇴적암의 몸뚱이를 가르는 일이다. 판도라의 상자를 여는 일이다. 없다고 여겨지는 것들의 숨통을 틔우는 일이다. 선선하고 순순한 이 작업은 돌 속 고유한 이야기를 열어젖히고 돌이 될 수밖에 없었던 존재들을 다시 일으켜 세우는 일이다. 잊힌 이름을 당사자에게 되찾아주는 일이다.

시집을 여는 시는 「옛사람」이다. 옛사람은 고백한다. "감각의 날들"이라고, "방탕의 날들"이라고, "흔적을 방임했"다고, "확신 없는 시간들"이라고, "나는 나를 죽일 수 없"다고. "희롱하는 말들" 사이에서도 나는 묵묵부답할 수밖에 없다. 옛사람은 하루하루 옛날에 더 가까워지기 때문이다. 아무 일도 없었다는 듯, 그 자리에 새로운 사람들이 유유히 들어서기 때문이다. 가차 없는 세상의 망각 속에서도 옛사람의 감각은 점점 더 벼리어진다. 옛사람은 온몸이 "오래된 귀"다. 감각기관이다. '옛사람'은 '돌'과 한 몸이다. 한 마음이다. "보고 들은 것을 말할 수가 없는/옛사람"은 시종 가만하다. 가만히 있는 것처럼 보인다. 겉으로 볼 때는 그렇다. 겉으로 볼 때만 그렇다.

조각가가 돌 안의 조각상을 발견하듯, "눈물의 사제"인 시인은 귀에 담긴 그 말들을 다시 들어야 한다. 옛사람처럼 자발적으로 날카로워져야 한다. "복수를 모르고/ 변신을 모"르는 돌의 입장을 헤아려야 한다. "땅의 온갖 죄"가 새겨진 돌의 표면을 응시하고 "썩지 않는 형벌"을 가진 돌의 내면을 살펴야 한다. "우주를 떠돌았을 천형의 몸"(「눈물로 돌을 만든다」)은 그렇게 다시 우리 앞에 놓인다. 돌은 늘 제자리에 있었지만, 헤아림 속에서 위상이 달라진 것이다. 발에 채고 손에 의해 던져지고 엉덩이에 의해 사정없이 깔아뭉개지던 돌은 이제 속사정을, 자신의 재난사를 내보일 수 있게 되었다. 전체적 존재이자 개별적 존재가 된 돌은 실존적 위기를 온몸으로 증명해야 한다.

돌은 흙 따위가 굳어서 된 광물질의 단단한 덩어리지만, 그것을 단순히 고체라고 단언할 수는 없다. 돌은 "울 곳이 없어" 들어가는 곳이어서 "작은 돌이 굴러가는 소리"를 듣기만 해도 "머릿속이 눈물로 가득하다."(「돌이 천둥이다」)는 것을 깨닫게 된다. 돌을 알기 위해서는 그간 숨기기에 급급했던 "시기"와 "불만"과 "짜증"과 "정욕"의 언어를 쏟아내는 "통곡"(「돌의 재난사」)을 들어야만 한다. 돌은 고체이면서 액체고, 파동이면서 소리인 셈이다. 그러므로 "남의 잘못을 비난하다"라는 뜻의 관용구 "돌을 던지다"는 돌의 속성을 톺아보면 '고백하다'라는 뜻이 될 수도 있다. 누군가를 향해 던져지는 돌이 아니라 자기 자신을 증명하기 위해 능동적으로 튀어 나간 돌이기 때문이다. 그러므로 날아가는 돌을 바라보는 일은 단단해질 수밖에 없었던 돌의 사연을 마주하는 일이기도 하다.

한편, 이재훈의 시편에서 돌은 약자를 대변하는 존재이기도 하다. 옛사람은 때가 이르거나 때를 놓쳐서 입을 다물 수밖에 없었지만, 지금의 돌들은 이 세계의 시스템에서 배제되거나 낙오된 상태로 놓여 있다. "던지고 차고 묻고"(「눈물로 돌을 만든다」) 깨기에 여념이 없는 사람들에 의해 그들은 "채찍질 당한 몸"이자 "굴러도 굴러도 이름이 없는 몸"(「수난의 돌」)으로 살아간다. "자꾸 의심하는 사람들"과 "자꾸 조장하는 사람들" 앞에서 "매번 시험당하는 돌"(「블루」)이 되기도 한다. 동네북이자 흔해빠진 미물로 여겨지는 돌은 평생 묵묵히 노동해도 조롱당하기 일쑤다. "일을 해나가는 데에 걸리거나 막히는 장해물"을 뜻하는 '걸림돌'이라는 단어는 돌의 처지를 대변해준다.

"돌은 깨져도 죽지 않"는 존재이기도 하다. "무성한 사실의 돌"로 존재한다고 말할 때, 이는 단순히 돌무더기를 가리키는 것이 아니다. 이 무성함은 "돌로 만들어진 뭇사람 하나"(「돌에 속한 사람」)다. 익명의 단독자다. 외부의 영향으로 깎이고 깨지고 동강 나도, 돌이 돌이라는 사실은 변하지 않는다. 돌 속에 스며든 사연이 변할 리도 없다. 조각나면서 돌은 더 많아진다. 돌은 잘아질 수 있을지언정 이 땅에서 사라지지는 않는다. 인간은 듣지 못하겠지만 모래알은 반짝이면서 아우성치는 것이다. "첨단이라는 것. 문명이라는 것. 예술이라는 것."에 미혹된 이들을 향해 외치는 것이다. "인간의 시간은 아무것도 아니야." 돌은 "정작 강한 자는 조용히 지켜보는 사람"(「녹색우주」)임을 절대 잊지 않는다.

"치욕을 기억하려고 밤마다 휴대폰을 충전"할 때면, 하루에도 몇 번씩 바뀌는 마음을 다잡을 때면,

어김없이 돌이 보인다. 핍박과 고초로 단단해질 대로 단단해졌지만, 가만있으면 누구도 해치지 않을 돌이. 그 돌을 바라보며 뭇사람은 비로소 희망을 되찾는다. "화분에 쌓인 돌을 오래 보았다./ 부정한 입술이 맑아졌다."(「바뀌지 않는 것들만 나를 살린다」)라는 구절은, 그러므로 옳지 못한 방향으로 꺾인 삶을 본디의 자리로 되돌려놓는다. 이는 "선에 이르는 방법"(「거리에서 거리를 가장 아름다운 거리를」)이자 "물이 돌이 되는 꿈"(「동굴벽화」)이기도 하다. 속절없이 흐르는 것을 꼭 붙드는 존재가 다름 아닌 돌이다.

그러므로 "돌을 던지면 울음이 들린다./ 돌을 던지면 아기처럼/ 온몸이 땅속에 안긴다"(「연혁」). 돌이 감각과 기억을 총동원해 자신을 증명하는 방법이다. 돌은 "상처의 말들을 입에 가득 담은 채"(「돌멩이 기도」) "거기와 저기로. 침투하고 삽입"(「폐허연구실」)된다. 땅에 널브러진 돌멩이들은 각각의 궤적을 몸에 내장하고 있다. 어쩌다 내동댕이쳐졌는지, 어떤 연유로 버림받았는지, 무엇 때문에 잊혔는지 그들은 알고 있다. 오직 그들만 알고 있다. 이 때문에 "구르고 굴러/ 환멸까지도 그리움이 돼버린// 소란스러운 은유."는 시간이 지날수록 강렬해진다. 그것을 받아적는 시인의 손은 바쁘다. 그 시를 누가 읽을까? 아마 바깥에서 흠씬 두들겨 맞고 돌아온 사람, 감정 노동을 하며 온갖 수모를 견뎌야 하는 사람, 자신의 마음을 제대로 표현하지 못해서 답답함에 땅을 치는 사람이 읽을 것이다.

"영혼이 상한 사람들은 시를 읽어요. 목 놓아 친구를 부르고 불안을 부르고 목 높여 잘난 체를 하지요. 별이 떨어지는 걸 보는 날이니까요. 다른 생으로 돌아가는 날이니까요"(「볼트」). 별이 떨어지는 밤, 다른 생을 꿈꾸는 이들은 일제히 돌을, 돌-되기를 꿈꿀 것이다. 침묵으로 더 크게, 더 분명하게 말할 것이다. 원시(原始)를 원시(遠視)로 바라볼 때, 돌은 그저 돌이 아닐 것이라고. 돌 속에 담긴 이야기가 바야흐로 들리기 시작할 것이라고. 오늘도 돌은 "천만년 깎이는 딱딱한 몸"으로 "용서, 라는 말을 가진 당신이 그리운 밤"(「오독의 전말」)을 통과한다. 간신히, 간절하게.

이재훈에 대하여

이재훈의 첫 시집『최초의 말이 사는 부족에 관한 보고서』(2005)의 '신성 체험'을 통한 묵시론적 현실 해석, 말에 대한 자의식 표현, 특유의 신화적 상상력 등의 시적 표지들이 결합한 사유(思惟)의 시가『생물학적인 눈물』인 것으로 보았다. '눈물'로 상징되는 슬픔의 본질이 추상적 고통에 있는 것이 아니라, 구체적 삶의 일부로 변환하는 데 있다는 것, 슬픔은 우리를 피폐케 하는 것이 아니라 새로운 존재로 나아가게 하는 불가피한 협곡이라는 심층적 의미 전환, 존재 전환의 진실을 보여 주는 작품이라는 것이다. 『생물학적인 눈물』은 '이재훈의 시선과 필치가 탄생하는 중요한 순간을 전하는' 중량감 있는 시집이다. 시 쓰기가 행간에 침묵을 심는 행위이고, 시가 그 깊이를 아프게 가늠하며 묵상하는 철학의 표상일 수 있다면, 시는 존재 자체가 축복일 것이다. 이재훈의 시는 우리를 이 같은 묵상의 시공으로 초대하는 참 고마운 '기적'이다.

제13회 김만중문학상 심사평 중에서(심사위원 문정희, 이재무).

이재훈의 시는 고통스러운 현실에서 도주하는 꿈의 언어들이 아닌 현실을 견디기 위한 꿈의 언어들이다. 환멸의 세계는 그의 신화적, 인류학적 상상력을 자극하고 일깨운다. 교묘하고 위선적이며 폭력적인 현실에 뿔을 잃고 난도질당하는 그는 언어 이전의 원시의 감각으로부터 온몸에 긴 시간을 새기고 밤을 읊조리며 고통을 읽는다. 범벅에서 더러운 꽃으로 필 때까지. 풀이 음악이 될 때까지.

정재학, 『벌레 신화』(민음사, 2016.) 추천사.

이 시집의 기저를 맴도는 덩어리진 목소리는 일용 근로자의 피로와 백수건달의 자책과 독학자의 자부심과 시인의 기상이 한데 배어나는 것이다. 시인의 소멸에 대한 열망은 슬픔의 내력을 시간의 이력으로 전화시키려는, 다시금 유한한 것들을 무한에 대고자 하는 상상적 결단에 의한 것이다. 소멸이 슬픔의 발견, 슬픔의 과장, 슬픔의 소진마저 지난 후에야 얻는 신명의 성소(聖所)라는 것, 그러니 근대인 키르케고르가 비약의 귀재라면 이재훈은 소멸의 총아다.

조강석, 「비약의 귀재vs소멸의 총아」, 『명왕성 되다』(민음사, 2011.) 해설

이재훈 시학의 바깥쪽은 종교적 상상력이 구축하는 유목적이고도 묵시록적인 풍경에 의해 감싸여 있고, 그 안쪽은 자신의 젊은 날을 고통스럽게 반추하면서 도시의 사막을 걷는 몽유(夢遊)의 상상력에 의해 뒷받침되어 있다. 그 점에서 그의 첫 시집은 자신의 영혼 속에 파동치는 신성(神聖) 경험의 내밀한 일지이자, 도심 한복판에서 방랑과 토사(吐瀉)를 거듭했던 젊은 날의 유목적 보고서이기도 하다.

유성호, 「꿈의 사제가 들려주는 묵시의 소리들」,

『내 최초의 말이 사는 부족에 관한 보고서』(문학동네, 2005.) 해설

K-포엣

돌이 천둥이다

2023년 11월 30일 초판 1쇄 발행

지은이 이재훈
펴낸이 김재범
인쇄·제책 굿에그커뮤니케이션
종이 한솔PNS
펴낸곳 (주)아시아
출판등록 2006년 1월 27일 제406-2006-000004호
주소 경기도 파주시 회동길 445 (서울 사무소: 서울특별시 동작구 서달로 161-1, 3층)
전자우편 bookasia@hanmail.net

ISBN 979-11-5662-317-5 (set) ㅣ 979-11-5662-651-0 (04810)
값은 뒤표지에 있습니다.

바이링궐 에디션 한국 대표 소설

한국문학의 가장 중요하고 첨예한 문제의식을 가진 작가들의 대표작을 주제별로 선정!
하버드 한국학 연구원 및 세계 각국의 한국문학 전문 번역진이 참여한 번역 시리즈!
미국 하버드대학교와 컬럼비아대학교 동아시아학과, 캐나다 브리티시컬럼비아대학교 아시아
학과 등 해외 대학에서 교재로 채택!

바이링궐 에디션 한국 대표 소설 set 1

바이링궐 에디션 한국 대표 소설 set 2

금기와 욕망 Taboo and Desire

바이링궐 에디션 한국 대표 소설 set 6

운명 Fate

미의 사제들 Aesthetic Priests

식민지의 벌거벗은 자들 The Naked in the Colony

바이링궐 에디션 한국 대표 소설 set 7

백치가 된 식민지 지식인 Colonial Intellectuals Turned "Idiots"

K-픽션 시리즈 | Korean Fiction Series

〈K-픽션〉 시리즈는 한국문학의 젊은 상상력입니다. 최근 발표된 가장 우수하고 흥미로운 작품을 엄선하여 출간하는 〈K-픽션〉은 한국문학의 생생한 현장을 국내외 독자들과 실시간으로 공유하고자 기획되었습니다. 〈바이링궐 에디션 한국 대표 소설〉 시리즈를 통해 검증된 탁월한 번역진이 참여하여 원작의 재미와 품격을 최대한 살린 〈K-픽션〉 시리즈는 매 계절마다 새로운 작품을 선보입니다.